【 名 家 诗 歌 典 藏 】

杨牧诗精选

杨牧 著

长江出版传媒　长江文艺出版社

图书在版编目（CIP）数据

杨牧诗精选 / 杨牧著. -- 武汉：长江文艺出版社，
2023.10
　（名家诗歌典藏）
　ISBN 978-7-5702-2368-8

Ⅰ. ①杨… Ⅱ. ①杨… Ⅲ. ①诗集－中国－当代
Ⅳ. ①I227

中国版本图书馆 CIP 数据核字 (2021) 第 265839 号

湖北省版权局著作权合同登记　图字：17-2020-213 号
本著作中文简体字版经北京时代墨客文化传媒有限公司代理，由洪范书店
有限公司授权长江文艺出版社有限公司在中国大陆（不包括香港、澳门及
台湾等）独家出版、发行。

杨牧诗精选
YANG MU SHI JINGXUAN

责任编辑：付玉佩　　　　　　　　责任校对：毛季慧
封面设计：颜森设计　　　　　　　责任印制：邱　莉　胡丽平

出版：长江出版传媒　　长江文艺出版社
地址：武汉市雄楚大街 268 号　　　邮编：430070
发行：长江文艺出版社
http://www.cjlap.com
印刷：中印南方印刷有限公司

开本：880 毫米×1230 毫米　1/32　　印张：4　　　插页：4 页
版次：2023 年 10 月第 1 版　　　　2023 年 10 月第 1 次印刷
行数：2688 行

定价：39.80 元

| 目 录 |

第一辑 古琴

第 一 辑

古 琴

古琴

听陶筑生处士弹古琴

霜降钟先知……
处士肃坐凝容，忽然
为我一挥手，依稀仿佛
中国古代汹涌而来的
浮沉跌宕的风。风曾运行于
洪荒，循环那三尺六寸六分的宇宙
梭巡分割的光阴，充塞黄道十二宫
欲行又止，然则
此非五弦之乐乎？游鱼
出水倾听。风曾连行于
大文明的开端，鱼跃王舟之声
有火自上复于下，其声魄云
三发射之，继以轻剑击之。此乃
七弦之乐，起初只是鹪鹩抢枋榆
拼飞维鸟。风曾运行于巴蜀

——诗人收剑踌躇，嘿嘿默默
止酒听群松喧哗于山壑

转问秋云暗几重——

时而呼啸，时而呜咽

过浮尸的江水，焚烧的山岳

一朝乃过夏天的海洋。处士肃坐

凝容，背向异邦已凉未寒的夜空

忽然一挥手，我听到汹涌而来的

是中国古代浮沉跌宕，而又

如此寂寞的风

背手看雪

背手看雪在湖面飘落无声
冰在心头凝成一面
难以照视的镜子，想到
那四周釉髹的苍龙形象
想到它或许已经很斑驳模糊了
或许已经无人可以辨识了而我
又总是如此喜爱那高亢懊悔的
线条，乃急着将它取下好好擦拭
背手看雪在山坡上越积越深
冰在额前凝成太古一面独立崖
好一面禁止月光攀爬的绝壁
然而月光一遭又一遭尝试
（栖木的寒禽不免哑然失笑）
你看它跌进湖水里了，摔成
残缺的弓形，总要十五日夜光景
攀爬摔跤，把自己浸成一副
浮肿愚蠢的德性。此事古难全

背手看雪在酸梅树枝上温存地
为那即将入画的寒柯穿戴衣裳
冰在十指尖端磨墨服侍
若是按照院画的布局和笔路
我们都知道区区一棵酸梅树
实在无甚可观，但我们何不加以
抽象化，也许强调那种预期的
荣枯以象征生死也许如此，世人
仍然赞叹这仅存的气韵生动

背手看雪在别人的窗玻璃上
掩起一层幕遮，冰在鼠蹊溶化
依稀是抛掷起的双足印在薄薄的
雪花上又穿过寒凉的沉寂
唯有一种呼声以抽搐的节奏
介入歌颂和诅咒之间升起，而与
双足等高，我憔悴回首注视
一盆红花在洁净的床头怒放

白头吟

最初总是觉得时间像是
淤积的池水有一份文明的忧伤
夜里体认春寒触动爆裂的肌肤
洪水汹涌而来而退，我终于
进入蹒蹒狩猎的旧石器时代

彼时又仿佛有梦：寻觅着
鹘没的青山一发。风止处
一队黑衣的妇人在行进，随即
环坐交换着陌生的手势
这是不可理喻的，但总不外乎
埋怨着战斗的事——战斗只是
借口（我听到有人说）让我勇敢地
进入我的新石器时代

有一无聊的汉子纵火烧山
在灰烬下发现黄铜
一部分打制兵器继续杀戮，馘人

无数，乃俨然成为爱夸口的共主
一部分拨给有司压平作镜子
骄其妻妾，从此不必须到
水池边去梳头了。这且按下不表
单表又一无聊的独耳汉子
为了报复流血沥肩之耻
入山十年，采矿锻冶十年
发现了一种更坚更硬的物事
磨砺之，轻弹之，对酒歌之
一剑光寒十四州。我乃进入
技击武艺的铁器时代

而这又是如何令人苍老的
时代，在我最式微的年份
西夷教士来朝，进贡一片玻璃
月光杯和透明晶莹的花瓶
当然还有令我自惭形秽的妆镜
对着它细数两鬓哗变的白发

名 家 诗 歌 典 藏

夜歌

我沿着河水往前走
仲夏的宿疾沉重如一袭湿衣
不知是为花所伤
抑为酒所残

而我真是一名不堪露宿的旅人
畏惧星的方位如此暧昧不明
畏惧树的形状，畏惧禽兽
展翅和蹑足的声音
总之我是如此
畏惧夜

(夜性急地落下来了
你不要唱哀悼的歌)

如此的不堪　　如此委琐
我怔怔地默数着夜的脚步
迟缓中有一类固体的坚持

其实自我仲夏的宿疾我的

肤色去感觉：夜是如此的犹疑

夜犹疑地落下来了

请听我唱一首哀悼的歌

我不能忍受一个飘浮的

小宇宙于无端的寂静中

自动爆炸　这震耳的

音响快速地摧毁着

我升旗顽抗的城堡

箭矢　蜂螫　火舌　刺刀

（我固然知道）倘若我坚持……

可是我已颓废：仲夏的宿疾

比湿透的衣裳还重　不知是为花所伤

抑为酒所残　抑来自

记忆中的豪雨

他生的洪水——

我不堪其冰寒

我不堪其灼热：没有范围的

森林在我的胸臆中焚烧

沼泽沸腾　盛夏的瘴疠

遍布我泛红的四肢　风霜

在我眼球后面鼓荡……

岩浆　弹道　闪电　铁砧

精神在上升的温度里逸失

视觉在滚烫的泪水中腐蚀

无边的荒原召唤一个盲者

激辩的风　当夜犹疑地

落下来的时候，我沿着

河水往前走

仲夏的宿疾沉重如一袭湿衣

不知是为花所伤

抑为酒所残　请听我唱

一首哀悼的歌

注："夜性急地落下来了/你不要唱哀悼的歌"，方思句。又，方莘有《夜歌》二首，亦据此二句变奏。

我们也要航行

我们也要航行，带着
那种墨绿近乎宝蓝的果敢
穿过成排的樱，和白杨
当水鸟惊飞，北边是
拧干了寒气的冰层
六点钟的风扫过手臂
触抚它，一如苦艾

新出窑的酒壶
留在家里——让它埋怨
花瓶盛好了水，才发觉
这个时代毕竟还是盘庚的时代
而我们想到，我们也要
航行，带着那种
抛物线的近乎笔直的果敢
穿过腐蚀的歌，愉快的
呻吟，手指甲紧抓
肩胛的痕印，穿过

开了又谢的莲

钉子正在紧张地
工作，棺木下陷
飞幡垂落于新雨
磷火曾在晚间摸索

这样瘦削的掌心
不忍卒读的星图
（无论你向东向西
总是一片愁苦，等着你
发现你，终于迷了路）
脚印正在墙上嬉戏
森林在腹下着火；钉子正在
紧张地工作。你想：怪不得
磷火曾在晚间摸索
穿过独立的凋萎
我们也要航行，带着
那种细致近乎晦涩的果敢

高雄·一九七七

这时你觉得比什么时候都接近，接近着一个伟大的港。你在燥热的空气中醒转。你，你何尝不就是我？我也从燥热的空气里醒转：我亲眼看到的，在豪雨的梦中……

我仿佛坐在山巅上注视着港，潮湿模糊的高雄，前有大海后有平原丘陵和跳跃跳跃的心——在豪雨的梦中——港在新闻纸上，汗在新闻纸上。不要眼泪。

仿佛换了一个方向，坐在距离海面七千公尺的高空，判读一张深绿色的地形图。这时还有一班列车从高雄出发，那灯火将带我北上，切过重峦和叠嶂，我的骨结，越过河流和急湍，我的血管。

我，我何尝不是你？风雨打过我的重峦叠嶂，泛滥我夏天的血管。我停电，你沉入黑暗，你停电，我关闭所有轻重工业的厂房。

物理

设黄酒与蒲公英
等高，一起拿去加热加好
冷却至冰点；然后给他演讲
拷打，坐牢。黄酒一定越狱
上山落草

假如物理不谈这个
物理谈什么？
设物理与黄酒等高
且结伴离乡到将军帐下报名吃粮
你负责编队好了，排长
问谁当轻机枪手？
又问谁负责伙房？

几乎之二：每年夏天

八月十四日在台北兼赠文与竺筠

几乎都是同样的故事

果子成熟于山地
蜂和蚊的伤感主义在音乐里
防波堤　抵抗　星的侵袭

简单的情杀案死了一位女教员
除了乌梅酒和手绢现钞指甲刀
便只有一封长长的信敬致卧病的母亲

最冷静的是插过秧的迟霞渐渐升高
把脸色从水面拾起来，翻过寺庙
并且藏在那里

孤独

孤独是一匹衰老的兽
潜伏在我乱石垒垒的心里
背上有一种善变的花纹
那是，我知道，他族类的保护色
他的眼神萧索，经常凝视
遥遥的行云，向往
天上的舒卷和飘流
低头沉思，让风雨随意鞭打
他委弃的暴猛
他风化的爱

孤独是一匹衰老的兽
潜伏在我乱石垒垒的心里
雷鸣刹那，他缓缓挪动
费力地走进我斟酌的酒杯
且用他恋慕的眸子
忧戚地瞪着一黄昏的饮者
这时，我知道，他正懊悔着

不该贸然离开他熟悉的世界

进入这冷酒之中，我举杯就唇

慈祥地把他送回心里

怀黄用

那一天七条通的夜晚
是寒流最接近记忆的一条支流
我误入你家巷子想去青叶吃酒
有人说反正六条通是单行道……
这是真理，可是你总不会相信的——
你说只有科学最接近真理
一支试管是一个大千世界
唯不知你的世界是否也有
季节和岁月？
我想没有

我们辩论桥下的潺潺和溅溅
静止于若是的威尼斯，辩论
凤梨和波罗的音响效果
鸣风于南方的海湄。你说只有元素
最准确，二氢一氧普遍可以得水
无论在桥下，或是南方的海湄

或许你的世界也有季节和岁月
温暖的小世界摇动着
你不喜欢的无韵诗：先是
樱花的俳句十七音节，接着
让冷气机自动写作，终于
有麦穗赋得黄昏牧歌西西里，最后
冰柱在窗外完成了一首英雄双行体

岁月总是如此循环着（我说是
循环可是你一定坚持是累积）
直到它和我们一样遥遥代谢……
然则时间何妨是圆的？
我们还要回到当初启程的一点
并骑脚踏车从六条通出来
反其道而行。这不是科学
我们不是隔行押韵的元素
这是壶底的真理
寒天预言

寻王恺

面对一匹半抽象的马，去年秋天
就已经挂在西墙上的一份疲惫
——他知道夕阳是温暖的，而我们
只思想着凝固的风，啊奔雨奔雨——
想起院子里那一棵静止的八腊树
远远是十四层的大楼在施工
水塔上有一座不休息的马达
想起有人说王恺病了住院
抬头再看那静止的八腊树
和八腊树后静止的白云
觉得诗和昼都很微小
哲学也很微小，不知道
哪里去寻他。仁人君子
有知道王恺下落的，若能通风报信
我当谢你一朵春天的杜鹃花

仿佛

The rain falls far in a realm unknown,

In the realm opposite to my desire,

This is called the *aware* of rain.

仿佛一炷朝山的香

在流水之间明灭——那是夜晚

你路过许多穿戴着不同的衣饰

有着不同的节庆，甚至

使用着不同的语言的村落（就是

路过而已）心中一层浅浅的霜

还是掩不住脸上潮来潮去的

惊讶和欢喜

仿佛是满兜的风拥入不再离去——

打开今晨在虹口结好的头巾

让椰子树的扇子安慰你爱你

这是家乡吧？我说这是：

当晚霞烧在医学院的红楼外

墙里还有一种寂静，认真的
寂静，一种文明
你最欢喜的文明

仿佛是不再流浪的仿佛
蜻蜓在新生北路外面飞
你用外国话赞美青山，、用古代的
眼睛看雨。仿佛或者永远是
支颐，一组工整的隐喻：
雨は未知の領域に遠く降る
わたしの欲望の反対側の領域に
これを雨のあわれよ言う

早春在普灵斯顿

——赠复礼效兰

一

法国梧桐十棵
伐倒了三棵剩七棵
一阵细琐，是四月小雨
飘在明朗的院子里
蒲公英在草地上赛跑
就是不许进门——
门里是空同格调
公安性灵。雀翘花，黄杨木
远处远处一片竹
你写兰花
我坐看明史

温暖的空气蒸发
红砖石的苔绿

今年六月就走
牡丹大概刚开完
山上晨昏也有雪意

二

邻居的李花好像一夜间
开了，并且悄悄伸过木板墙
好像还有一只白蝴蝶
飞扑过潮湿。不会是
落花的——李树

哦李树也许是樱桃树
白蝴蝶为邻居鼓荡一种
寂寞的情绪：好安静的院落
（他们的儿子重伤在床榻
好冷清的春天）我们为
他的健康祈祷好吗？

法国梧桐七棵：
一种风流，为它懊恼
春又不如秋。心绪都在石头城
淮水明月过女墙，照

你写兰花我坐看明史

法国梧桐七棵
七棵正好

不是悼亡

现在我回想港九渡轮的烟雨，记得有人对我说过，你最后的旅行也许可以使你获救。我想到你在爱荷华雪中大醉的样子；想到，且又忘记，横竖我并不时常想到你，便不能说曾经如何忘记你。

那天我和一个外国人走出文学院，谈论着他翻译台湾小说的计划，我遇见一群宣称即将去吃越南菜的学生，有人说："怀念。"我回公寓收到你的死讯，你最后的旅行并未使你获救。

现在我回想广九铁路两侧的菊花田，心里好生气你竟死了，不能给我一个当面与你辩论的机会了。我们曾经辩论过，六年前，七年前，对着酒瓶子和烟，在天明以前，在保罗·安格尔的玉米田。

今早我出门买荔枝和西瓜，过地下道时又想起你最后的旅行，回来喝茶沉思，右手因负重而颤抖，觉得胸口有一股冷气，想哭泣，可是我如何能够为你这样的生命哭泣？

我开抽屉，取出你写的英文诗，高声念了一遍。你提到甘地夫人，奥威尔，赫胥黎，狄伦。我想我曾经为你杰出的音色入迷，更为你对人类的爱心入迷，我喜欢——

喜欢你那种威尔斯蕨薇山冈的节奏。那个浪子死在纽约，你诗中的人死在台北，而你死在你自己的节奏中，你的英文诗也有一个好题目，译成中文叫着"不是悼亡"。

第 二 辑

雪 止

雪　止

雪止

雪止
四处一片寒凉
我自树林中回来
不忍踏过院子里的
神话与诗，兀自犹豫
在沉默的桥头站立
屋里有灯，仿佛也有
飘零的歌在缓缓游走
一盆腊梅低头凝视
凝视自己的疏影

我听见一声叹息
自重门后传了过来
有人在屋里看书
薄薄的一本梦的解析
雪止，我想屋里也有炉火
而我是去年冬天熄灭的
炉火，有人在点我拨我

一把悉索低语的星子

我不能不向前走
因为我听见一声叹息
像腊梅的香气暗暗传来
我听见翻书的声音……
你的梦让我来解析：
我自异乡回来，为你印证
晨昏气温的差距，若是
你还觉得冷，你不如把我
放进壁炉里，为今夜
重新生起一堆火

你的心情

一

你的心情我想我知道
当黄昏自圣诞红上褪色
黑夜在屋顶上，黑夜在
红瓦暗淡的屋顶上梭巡
啊你的心情好像那霜雪
我试探着，感觉七寻下的
微温，那里曾经有一座火山
火山是你的心情我知道

二

你的心情我想我知道
当黑夜自夹竹桃上消逝
霜雪在我两鬓，霜雪在
我风雨绝迹的两鬓停留

啊你的心情好像那冰崖
我寻觅着，听到万年以前的
布谷，那里曾经有一片草原
草原是你的心情我知道

三

你的心情我想我知道
当白日以芦苇花为你
织好一条温暖的围巾
一顶帽子，一袭临风的衣裳
啊你的心情好像那云雾
我摸索着，看见浩瀚的
波浪，那里曾经有一片海洋
海洋是你的心情我知道

在学童当中

O chestunt tree, great-rooted blossomer,

Are you the leaf, the blossom, or the bole?

O body swayed to music, O brightening glance,

How can we know the dancer from the dance?

——Yeats

一

树影向东移动

那是时间的行径

我们挪向七里香下

衣上沾满秋天

脱落的草籽。莲花在

水池里，白火鸡

栖息枯木上，我们

在学童当中

一种焦虑的颜色

曾渲染过我行走

许多揣测的

道路，而你在

月光的深巷里

宁静地听着

间奏的横笛

梧桐树和庭院

一畦又一畦的菊

有些疲倦，我们

隔着疲倦凝视：

不是陌生

也不熟悉

二

然而我们，我们

在学童当中——

不是陌生，也不

熟悉——今早游戏的

圆圈比莲花的

水池宽阔，歌声

比喷泉生动，虽然

我不能尽知，不能尽知

那飞升的如何变化为
坠落的水点，虽然
那四散的形象
可能意识着一种
破碎而我也相信过破碎

如同那白发的爱尔兰人
在学童当中，我也
无从分辨。他们在拍手
长大成人，那掌声破碎
可能遗失在今早的
草地上，他们也可能回来
寻觅。啊寻觅
也可能只是失望的
慰藉。喷泉回落池中
那归来的水点破碎
乃汇入植养莲花的世界——
几时才能轮到它，你说
再度升起？

三

我仿佛看到你，真的

在学童当中
你在学童和我当中：
一棵光荣的果树
我不能拥抱的
华丽；一名舞者
我不能追随的
旋律。你没有名字
我发觉，我也没有
他们也没有名字

他们可以是树苗
是双手举向一章序曲
你是满天似雪的
花朵，双足投向
一片超越的激楚，我是
苦涩的果实，收敛
萎缩，屏息，消灭
一场等候诠释的舞

四

树影向东移动
那是时间的行径

你恋爱着，恋爱着

间奏的横笛，我们

在学童当中

未竟

才竟竹筏渡，未竟
亿载漫长路——正午的秋阳
照你微笑的额头，我记忆着
惊慌的眼睛初瞑于子夜
子夜的寒霜。城在野烟后
在树林中，仿佛对我低声说道
我怕我怕，我便不再坚持
我决心折回出发的渡头
背着日光走，头发将长得
更长——长好了容易我来记认
捕鱼人在运河岸，我们站在
新栽的梧桐树前，犹豫
看河面，那个多话的艄公
正在对渡河的人夸口

我们曾经背着日光走
头发散在温暖的沙地上
四面是子夜深浅的灯火

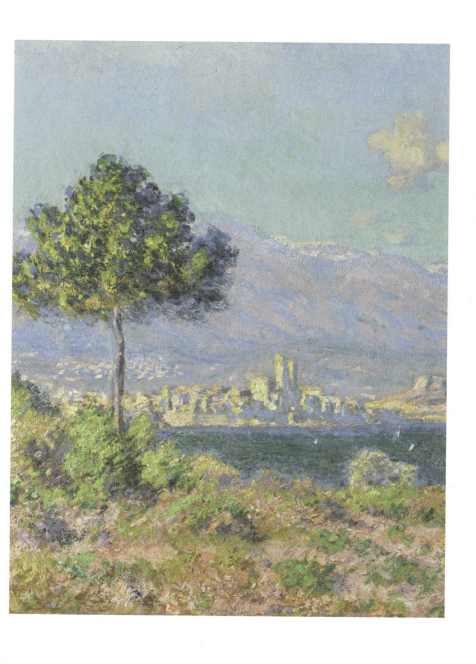

名 家 诗 歌 典 藏

盆栽在廊下默默垂老
云在草坪上变化
火车在墙外调度
宇宙在露水中爆破

明晚将有新月升起
在偏北的平原尽头

水神几何

A

击水而来的是
神。姑苏棹櫂
几乎无声地带动
一素洁的船出没于
塔与柳之间

神之来，若有
钟声飘过湖面
随即沉寂——
满肩是月光
船头船尾是浓霜

B

乃有灯火指示

移动的轨迹

于湖的坐标纸上

每两格为睡莲一朵

来也来也，终不见

她滑近，却在远处

夷犹，蹇谁留兮中洲？

每当灯火

移入生有睡莲的格子

刹那的一粲

仿佛她首肯的微笑

如此忽明忽暗，曲折地

画着一条闪烁的线

于远塔和近柳之间——

是神吧？我意以为那是

神：其形也，翩若惊鸿

婉若游龙，荣曜秋菊

华茂春松。来也来也

终不见她滑近，虽然

姑苏棹櫂击打着湖水

如此无声地——神乎其神

C

虽然如此
只见月光也落在
小树上：神若在树下
散发容与。我为月光的
小树取一个好听的名字

船浮在坐标纸上
她开始唱歌，其声也
细微若花在雾中开合
若鱼网缓缓沉没
若柳叶被月光拂击
若霜降落。其辞曰：

　　闻佳人兮召予
　　将腾驾兮偕逝
　　筑室兮水中……

来也来也，终不见她
滑近，而在那彷徨之间
在那忽离忽合，不可解析的

轨迹上，每一点光

是一朵睡莲

童话诗

瓶塞子拔开时正好是子夜
山坡外传来急促的钟声
仿佛是节庆的宣告，仿佛
是祭礼的前奏，仿佛是仪式的
第一个章节，是警告

打扮成阳光辐射的是少年
走在前头且不时返转奔跑
穿着紫衣裳的女子三五成群地
肥胖地笑着，是一串
又一串成熟的葡萄

游行的队伍穿过城门
进入装饰着橄榄叶的广场
而这时爱动的阳光终于
压破了多汁的葡萄。瓶塞子
拔开的时候，有人隔座

饮酒，钟声停止
温暖是微醺的唇

手纹

树林远看好冷，初雪以前
一层雾。我在林子外等候
四处寂寂无人，唯寒风
吹过栏杆时，细听似乎谁在
腊月里多愁善感地弄着
一张巨大的琴

我仍然在等候。门启之前
想到待月一事，桂花一事
酬简一事。伸出左手
沉默地观察那复杂的纹路

情诗

金橘是常绿灌木
夏日开花，其色白其瓣五
长江以南产之？属于
芸香科

属于芸香科真好
花椒也是，还有山枇杷
黄檗，佛手，柠檬
还有你
你们这一科真好
（坐在灯前吃金橘）
名字也好听，譬如
九里香，全株可以药用

受命不迁生南国兮
故事也好听（坐在
灯前吃金橘）后皇嘉树
以喻屈原

你问我属于什么科
大概是楝科吧
台湾米仔兰，是
常绿乔木的一种，又叫

红柴，土土的名字
树皮剥落不好看
生长沿海杂木林中
也并没有好听的故事

木质还可以，供支柱
作船舵，也常用来作
木锤。凭良心讲
真是土

声音

不知道是心跳还是雨点
总是那么急迫的声音
而世界又是那么广阔
海在山的那一边，更远
更远还有月光有城市……

你喜欢月光下的城市？

又是心跳又是雨点——
他们在说话是不是？颤抖的
手指梳拢兀自湿湿的发
是不是？惊讶的眼睛
不晓得朝哪里看好是不是
（看地上堆积的落叶？）
眼睛，有人说是眸子
眸子就眸子吧

假如你觉得眸子好听

而世界好像也是很小的了
就在一把雨伞下了——
只有这么大。而我也知道
那是心跳了，不是雨点
不是雨点的，因为夜
已经太深，已经太深
雀鸟都在休息
树也在休息
雨也休息

只有心他不休息

杨柳

有人在早晨递给我
一首诗，那是关于园子
和期待的，仰首如一捧花束
我知道那就是初放的
下雨花，大气的精灵
在疏淡的香味里卧——
我也认为那是美丽……
背向长廊慢慢读它
有人转身看窗外
一些阔叶的热带树
不响的钟，和满园子的
雨意。若是我摘下
那一朵精灵睡眠的
下雨花，就有杨柳
杨柳垂垂长夏

就有长夏杨柳
留下间歇的暴雷给你，和雨

屋里是书和铅笔
外面是绿叶的栀子
晨风吹开渡向黎明的
第五幕，听有情的人
为一两件小事争执
"啊不要争执，不要——
这指环送你。" 好深刻的
一本书，而且还是快乐的
无韵体。有人在早晨
还给我一把伞，第二天
我走过下雨的园子
站在水池边，却又想到
相聚无非是为了别离

问舞

你有可能像黄昏七点钟的莲吗？
当一只青蛙跳入湖中，你有可能
像那朵醒转的莲，在暮色里
轻摇一下，左右晃动如曩昔之舞
巍巍凝立于我屏息之间
此刻夏天的露水未到绿草地，而且
八面无风，天上只见一颗星
你有可能像彼时的莲如此接近我
可又如此与我烟水遥隔吗？
我想你是可能的，我怕你是……
甚至在浓密如发的树影中
沉静的深巷里，当隔墙仿佛
有一片果树林在窃窃布置一场舞剧
在期待一声拔高的笛，这时

你有可能像十一点钟的扶桑吗？
当一只麻雀因为释迦之蒂落
惊醒在自己的翅膀上，随即

掩回，没入夜色里

你有可能像那朵扶桑吗？

其情绪也绛红，且能够

照见旅人的颜色，如异国之舞

乃是我所未曾目睹亲见的

其神色也壮丽浑成而温柔

介乎小雅大雅之间，且能

美我之仁刺我之暴

甚至以光的升降和游移

描摹我们先人的迁徙，战斗，和休息

我相信你是可能的

答舞

在荷叶的这一边
一些些兴奋和倦怠，我们
谈论着夏天和秋风的方向
阳光明亮。在荷叶的这一边
一起观察飞鸟如何停止在花上
学习一些些摇曳和平衡的技巧

这一生久远又长这一生
你刚刚开始察觉到
我为你讲解几个诗词常见的典故
在荷叶的这一边，有时以历史的
兴衰为比喻，有时以博物的
荣华颓废，有时使用
艰深的英文术语
有时静默
看你

这一生久远又长这一生

你已经完全察觉到

明天是一种微微的飘摇，明天是
一种发生，开始，结束，永远
你将单独诠释这短暂的时刻
以具象诠释抽象，右手一翻
使用的是我佛大悲的手势
这是你一生之舞，允许我
以抽象诠释具象
我不再使用典故

雏菊事件

一束雏菊被分离
分离的下午，远方
发生震撼人心的
事件。我犹在揣测
河水将如何载走
一叶小舟，楼上的人
将如何开始，然后
结束一首送别的歌
如何回头用双手捧着
一束被分离分离了的
雏菊，后悔不曾
教自己醒来，今早
醒来在更远
更远的露营

在更远更远的露营
小溪流的反光
飞满了悲欢竟夕的

帐篷，这是你们
已经开始犹未结束的
世界，充满风的议论
和雨的分析。柴火还有
余温，一部电单车停在
印度素馨的右边
放眼望昨日黄昏的
来路是如此粗暴曲折
车轮疾驶碾过的
竟也是此刻草原上
悠悠醒转的雏菊

不寻常的浪

那是一片不寻常的浪，唯有
你能在黑暗里省识：
当时你刚从阳台的方向
走过来，踏着七颗好看的星
一路由我辨认着热带的树木
辨认它，可能也记住它——因为
不久即将离去。你宁愿
我在远方记住树木的名字
不愿我永远记住你
而我总以为爱是黑暗里的
省识，风雨中的辨认：一个手势
一句简单的言语；在追忆里
否认我曾经否认，或者后悔
你以为将来你可能后悔

当时我们刚好站在夜晚的
桥头，可以听见那下弦月
轻呼着水神的声音，水神逆流

而溯，我可以听见你的衣角
拍打着巨大的夏天——的声音
而你看见的竟是汹涌来到
桥下的水势，忽然溅起
打在你身上
一片不寻常的浪

芦苇地带

一

那是一个寒冷的上午
在离开城市不远的
芦苇地带，我站在风中
想象你正穿过人群——
竟感觉我十分欢喜
这种等待，然而我对自己说
这次风中的等待将是风中
最后的等待
我数着阳台里外的
盆景，揣测榕树的年代
看清晨的阳光斜打
一朵冬天的台湾菊
那时你正在穿过人群
空气中拥挤着
发光的焦虑

我想阻止你或是
催促你，但我看不见你

我坐下摩挲一把茶壶
触及髹漆精致的彩凤双飞翼
和那寓言背后的温暖
满足于我这个年纪的安详
我发觉门铃的意象曾经
出现在浪漫时期，印在书上
已经考过的那一章
我翻阅最后那几页
唯心的结构主义，怀疑
我的推理方式是不是
适合你，只知道我不能
强制你接受我主观的结论
决心让你表达你自己

二

决心让你表达你自己
选择你的判断，我不再
追究你如何判断
你的选择，岁月

是河流，忽阴忽阳
岸上的人不能追究
闪烁的得失

甚至我必须
向你学习针黹
一边钩毛线一边说话
很好很闲适的神色
只是笑容流露出
些许不宁，有时
针头扎疼了缠着线团的
食指：是的你也和我一样
强自镇静的，难免还是
难免分心

那是一个寒冷的上午
我们假装快乐，传递着
微热的茶杯。我假装
不知道茶凉的时候
正是彩凤冷却的时候
假装那悲哀是未来的世界
不是现在此刻，虽然
日头越升越高，在离开

城市不远的芦苇地带
我们对彼此承诺着
不着边际的梦
在比较广大的快乐的
世界，在未来的
遥远的世界

直到我在你的哭声中
听到你如何表达了你自己
我知道这不是最后的
等待，因为我爱你

水田地带

下一个春天和下下一个春天

我站在微云灌满活水的田里，想象

你是美丽的鹭鸶

洁白的衣裳

脆弱的心

而现在我们坐在田埂上

背后有人在顺风焚烧一些稻秆

青烟吹在我们两个人中间

下一个夏天和下下一个夏天

我可能再来看稻穗吹南风的海浪

看蜻蜓遮蔽半片蓝色的天

你在另外一个国度

也许永远不回来了

而现在我们沿着公路走

发现田里不开花的是水仙

我们大笑，淡水河横在左手边

下一个秋天和下下一个秋天
我决心为他们扮演沉默的稻草人
可是我答应你了我绝对不吓你
就有那么几个秋天
我这样枯等着 ╲

而现在我们并立候车
交换着几个月来听到的故事
错以为我们可以这样把距离拉近

下一个冬天和下下一个冬天——
其实我已经觉悟再也不会有
下一个冬天。他们在焚烧着
沉默尽职的稻草人
青烟在树林子外盘旋
而现在我们在前往的船上
前往永远不再的水田地带
为了证明这是幻想不是爱

凄凉三犯

凄凉三犯

凄凉三犯

一

来信说心脏很衰弱
但还是日夜在跳动
始终还是　还是
一种生命　生命
期待着

雨季到最后究竟是
快结束了。趁它还没有结束
你不如做梦，做好多好多梦
（梦在现代文学里是羞耻
在古典的爱情里却真实）

还有什么呢？也许
我应该劝你去旅行
去看海鸥飞，去陌生的

地方住宿。我明天就去
去找一个陌生的地方住宿

二

那一天你来道别
坐在窗前忧郁
天就黑下来了。我想说
几句信誓的话
像樱树花期

芭蕉浓密的
那种细语——你可能爱听
我不及开口，你撩拢着头发
天就黑下来了。"走了，"你说

"横竖是徒然。"沉默里
听见隔邻的妇人在呼狗
男人坚忍地打着一根钢钉
他们在生活。"我在生活"
我说："虽然不知道为了什么"

名 家 诗 歌 典 藏

三

好不容易揣摩你信里的
意思——我画一片青山
一座坟，成群黄蝴蝶
我画一棵白杨树
蝴蝶飞上白杨树

疑虑令人衰老
（虽然不如忧国的衰老
衰老）我逐渐解体，但不能
忍受风化的身后萧条
你要我流动，流动成河流小小

有一天你可以循着河流
来此山中上坟，你或可能迷失
你必须记得我画过成群的蝴蝶
领你走到一棵比画中稍高尺许的
白杨树。我在此……

摇篮曲

用韵 For Emily Whenever I May Find Her

在河的北边街道最曲折的地方
哦爱密丽在春天的末尾夏天
即将开始的时候你在我所未曾
你在我所未曾熟悉的世界出生
紫丁香在南岸的渡船码头上
蔷薇在你这边开蔷薇在开

教堂钟在响在你这边快乐地响
我在一片绵绵的雨水中坚持着
坚持着的我是不会失落的
爱密丽让那钟继续响
我将寻到你只要那钟继续响
在河的北边街道最曲折的地方

在河的北边街道最曲折的地方
哦爱密丽在一个遥远的海岬后面
石礁和群岛卫护着一个城市

你在我的知觉我完整的知觉中出生

七色的小鸟聚集在樱桃树上

蝴蝶在你这边飞蝴蝶在飞

彩虹在天上在你这边高高的天

我在一条漫长的路上坚持着

坚持着的我是不会失落的

爱密丽当那彩虹指向你的摇篮

我将寻到你只要那彩虹指向你

在河的北边街道最曲折的地方

雷池（一）

又遇见的时候仿佛并不是……
时间停止在傍水的枫林上
我想伸手掌握坠落的岁月：
一条黄金分割线。瞑目之际
决心摸索

我的十指可以触及最遥远的
源头，当心中有柔和的爱
可以感知水的颜色，当小风
吹过耳际如蛟龙的招呼
且可以在笛声中沉没

此刻不知道谁是黑衣的
悼亡者，蜿蜒寻觅放歌
枫林青青，唯不见魂来穿行
心在水中爆破时你也开始倾听
可以感知隆隆虺虺的颜色

雷池（二）

你说你觉得寒；此岸
张望者亦如是（风从
四面八方赶到飘打，飘打
前来的路）水深芦花白
纵我高声招呼，总不能
让你听见。只有我依约听见
你说你觉得寒

已经是春天了，织锦的花
在背后怒放。仿佛又有些雨
在各种寂寞和追怀里
静静滴落在陌生的衣裳上
濡湿是分离的色调：
但我们还未曾相会
如何分离？

如何分离——
教小船沉没子夜

马匹散失入深林

尘土和波浪平静

听一声笛

雷池（三）

灯光很浅很浅只能照亮
几枚小小的扣子，双唇以上
在星座的纠纷中落寞而遥远
才自雨中来，倚靠
一盆炭火对坐

又向雨中去，去向
夜晚的山坡。我们像
搁浅的小舟被风吹在一起
羞涩地招呼着却不敢相识
怕——怕潮来时又把我们

送回那失去方向的大河
思念于忧伤怕不如淡忘于
孤独的航行，于风波的隐喻
于一生的期待，一点惊喜
于一次不可能重逢的遭遇

雷池（四）

隆隆虺虺的声音
为一片晚天染色
分裂的面容上似乎书写着
风暴预言。相爱的人请你们止步
用御寒的衣服安慰彼此不能注视的心

我确实不能负荷太多宣告
梧桐叶的寓言，栀子花的
传奇——我甚至已经不再观察
不再寻觅，只想快步走入水中
完成已经不可能完成的旅行

当水势分开以容纳赴约的人
你将叹息，甚至将惊呼
那是我挽歌的一个音节吧
或者将随后走来，我便把
右手交给你，那是我们
浩浩的序曲

雷池（五）

而我又如何能清晰分辨
你站立的位置？好像
芦花在后枫叶在前
好像在茶杯和苹果碟子的左面
如此平静又如此烦躁
眼泪不能形容你伤悲的脸

我们并不是命定必须焚落的
流星，而且我们善于记诵
劈过青天的祷辞
长长不押韵的诗
隆隆虺虺

我们曾经震颤于夜间的寒冷
于春天的鼓点。那是
天上的时代。而我们
一旦发现，安宁的惺忪
从太古的梦中醒来

久违的夜空依旧
是万顷星光
衣带河浅

雷池（六）

人影过处，三朵颤摇的
水仙花。好明亮的阳光——
抬头张望，后面草地上
是大片刺绣的蒲公英
巍巍树影在细心分割着
一张熟悉的春日……
而夏天总是要来的
你心中似有些惊喜
有更多的，好像是忧虑
期待着长夏在城里
为幸福的钟声伴奏
为广大无边的梦着色
又害怕那长长的夏天在城里

那夏天在城里

雷池（七）

而我又觉得从来不曾睡去
最远的白杨小路从来不曾
单独行走在暮色里
但树的萧瑟是熟悉的
如你伏在枕边慢慢自黑暗中
回转，听到曙光滑近的悉索

此刻你即将独自旅行
没有桥的地方我请鸣禽造桥
没有船的地方有芦苇
四顾仿佛茫茫，其实
并不尽然，有铃声铮锵
有林木的呼吸你能够觉察
是生长的信号。有一派

隆隆虺虺遽尔翻落水中
汫澼搏打，跌宕为一面
不可逾越的雷池

带你回花莲

你以樱树的姿态出生
三月的羞涩和四月的狂烈
多饰物的阳伞在眼前打开了
不许倾听的声音，又不许
凝视的眼色。盘旋跌宕
这一时鹘起兔落，电击的
光明。靠近我靠近……
让我们一起向种植的山谷滑落
这是我的家乡
河流尚未命名（如果你允许
我将用你的小名呼它
认识它。一千朵百合花）
你也许会喜爱一则神话
其实你正是我们的神话

这是我的家乡
山岳尚未命名（如果你允许
我将用你的小名呼它

认识它。一万朵蝴蝶兰)
深入的勘察队将为四方绘制新图
你为我们设计图例好吗
决定二万分之一的比例尺
在高度表上着色

这是我的家乡
地形以纯白的雪线为最高
一月平均气温摄氏十六度
七月平均二十八度，年雨量
三千公厘，冬季吹东北风
夏季吹西南风。物产不算
丰富，但可以自给自足

让我们一起向种植的山谷滑落
去印证创生的神话，去工作
去开辟温和的土地。我听不见
那绝对的声音，看不见
那绝对的眼色。去宣示
一个耕读民族的开始
去定居，去繁殖
去认真地歌唱

容许我将你比喻为夏天回头的

海凉，翡翠色的一方手帕

带着白色的花边，不绣兵舰

绣六条捕鱼船（如牧溪的柿子）

容许我将你比喻为冬季遥远的

山色，青玉的寒气在怀里

素洁呵护着一群飞鸟无声掠过

多露水的稻草堆。让我们

一起向种植的山谷滑落。容许

我将你比喻为樱树的出生

三月羞涩和四月的狂烈

多饰物的阳伞在眼前打开了

让我们向收获的山谷滑落

这是我们的家乡

阴阳五行

金

好像是铁器碰撞的声音
跌宕自我们相识而陌生的寝房
我所熟悉的一盏灯曾经是
别人的容貌，而且有一面
巨大的镜子不断述说着你

我不敢相信除了杀伐和
忧郁，这原始的矿苗一旦成形
竟是向左垂落的项链，当你
轻轻向右叹息，我不知道
如何形容你的玉镯方才俯身拾起

木

即使不能垦植如春雨

又不能分析林木如夏天的斜阳
我以秋的丰美逼向你，一枝
带雪的紫竹是你仰望之歌
我在深夜选择它选择一个你

你是逆水的灯船我认识
而我居然独坐洪流的源头
思索着等候着，以生长的韵律
催促着啊奔赴的女子，我潮湿的
森林若是你纵火焚烧我便属于你

水

我梦见你越过长长的沙滩
口袋里一封长信。我的窗户
半开，丝绒帘幕摇动一如
相逢的腹肌追求感官的真理：
无非是因为你已听见我的呼声

这一切无非如此。我从暴雨的
塔楼上张望，却不能目睹
你伏枕哭笑之间的抽搐。啊时间
无非是介乎花蕊和果实的距离

我以雷电的隐喻试探你

火

我分明听见一连串的叩门声
是绝对的雷和坚持的电
我想关起一扇面海的窗，可是
我的双手仿佛结满了丁香子
随着一种重量往下沉随着那春雨

有一份温度在双唇上下漫延
鼓舞着舌的嬉戏，在惊怯的
季节里升高，准确是浅红的
一粒水银，下一刻我们将焚烧
当你给出火种自两眼如海潮，当你……

土

在我的脐下，这是所有河川的
分水岭，隐约南走——
那么，我的土地仍然是多湖泊
多水草的新大陆，对你是
熟悉，于我自己仿佛陌生

我以十指勒缰的盲骑试探你
走遍平原高冈试探你。一旦
背负晚霞来到你的窗，我所追寻的
一盏灯曾经，曾经是你的容貌
巨大的镜子不断述说着述说着你

月光曲

温度在急速地下降

紫藤今日将如此静止

豪雨之后，大地将有一层霜

           紫藤将凋零

           四顾将凄清

发现你醒来在一委弃的小舟上

在一委弃的小舟上

海水明日便不再汹涌

日全食，远方有天狗在逡巡

           海水在呜咽

           鱼龙在哭

发现你醒来在一褪色的帐篷里

在一褪色的帐篷里

甲胄昔日曾经多么喧闹

血战之余，豺狼化为乱石

           耳胄为沙尘

腐草为萤
发现你醒来在一深陷的牙床上

在一深陷的牙床上
体香是永恒的记忆在沉睡
既生魄，枕上的泪痕如月光
体香如月光
你如月光
照我垂老的温度在急速地下降

吴 凤

吴风

吴凤

——颂诗代序

我们在佳冬树下深埋一块磐石
磐石是永恒的誓言，我们在
冲毁的粟米田里静默
长坐风雨后的折藤和败叶
新秋的野菊要忍耐并且生长
涧水要流泻，峰峦要投影
阿里山的日头要停止在
一条生命的虚线北回归
保证你交给我们的温带
是你交给我们的温带

弓在暖泣而箭矢无声了
刀在忏悔凝视自己的血
有一支笛部落里吹
人们散开走到小风的山冈
这一日不宜对面交谈
老者看着白云吸烟

青年蹲踞思索——
这一日我们吸烟思索

从来没有一股血是如此澎湃的
奔流过处，又是如此清洁
大地已经醒转，只是
这一日我们不宜对面交谈
我们不宜逼视彼此的眼神
虽然我们仿佛初生的婴儿
正在学习认知。这一日
我们在佳冬树下深埋
一块誓言的磐石

我们对着折断的影子打手势
两手张开如半月表示爱
爱须能照亮一条路
一口井。啊吴凤，我们
对疲倦的弓箭和弯刀
打手势，叫他们走开
对声带打手势，叫他封闭
对一切允许的和不允许的打手势
这一日我们不宜

我们不宜作结论但我们可以
回忆，你已不能帮助我们驱逐
图腾的雷可是我们将以静默
把雷闷死在山谷里。日子
仍要到来，你仍将到来
你不会责备我们的：你把
我们的弓箭和弯刀擦拭干净
让男童行过摇摆的百合花
到远处去学习狩猎

我们不宜作结论但我们可以
推测，你已不能帮助我们消灭
禁忌的雾可是我们将以向往
把雾纺织为一匹布。日子
仍要到来，你仍将到来
你不会责备我们的：你把
我们的织布机和轱辘修理好
让女童行过累累的丝瓜棚
到水边去学习捣衣浣洗

悼亡的鼓在山里响应
我们不知道应该如何安葬你
仿佛今天你在星辰之中

你是最接近鼓声的启明

高过图腾的柱子

比英雄的舞蹈更温柔

比收获的喜悦还真……

我们聚集在野地里

以一夜的不寐，两夜的不寐

以三夜的不寐这样守望着你

我们这样静默地守望着

想与你说话，告诉你

瘟疫已经平息，是你是血

洗净这闪光的大地——

金针花，槟榔果，衣饰铃铛

杵臼声声是新米。你会欢喜的

啊吴凤，你会欢喜知道我们

在佳冬树下深埋一块磐石

我们把两手张开如半月

表示期待爱的团圆

我们把两手张开

我们期待

我们爱

北斗行

北斗行

北斗行

天枢第一

在此去指向孟春的
夜晚里，有人剧烈地流血
看我仿佛回地的风烟
万年不曾消灭（在冷冷
萧瑟的远方）而已经是
巍巍斗魁
如此倒悬太虚，俯视人间
或在水涯平原，或在槐花丹房
号啕狂歌，啜泣抒情：有时
睥睨如勒马的骑者，有时
犹疑如未名的弃婴
居阴布阳，对所有
戾天的飞禽，我垂顾于
二等星光的阶庭。闪烁的
冲刺者，我看到你

羽毛上的鲜血，莫非

是战争的箭镞？人间

陷落；莫非是逃逸的窥者？

我知道你迷惑的眸子

时时探过笼牢外朝夕进行的

爱与死：绣衾零乱

罗帐颠摇，一支红蜡金兽皿

我看到你知道你，我是

追寻的源头，方向

从我开始

初雪降落的时候，于寂静中

回忆，哦在此去指向孟春的夜晚里

幸福低于一新绿的葡萄架

高于古井的苔色

有人默默汲水

而我于陌生的

方位悟及捣衣声渐晚渐稀

是一种腼腆，在蝙蝠的

黑翼拍打下已失去汹涌的思想：

此刻一列兵士因饥饿而生变

在苜蓿的草原叛乱喧哗

扯下他们的番号，调整枪皮带

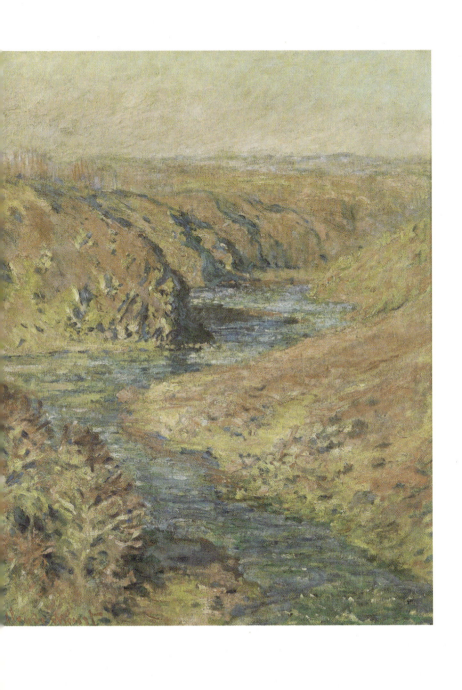

名家诗歌典藏

于河岸的崎岖处就射击位置
用空洞的愤愤对我开火。我的
泪眼非原野的埋伏者
所能逼视。枪声四起
我的创伤非汲水的女子
所能治疗（幸福低于新绿的葡萄架
高于古井的苔色）男子流为
游勇劫掠过黄昏的乡村
女子在颤抖的灯火前忍耐
枯萎，一朵失声的菊
流水盘旋芦苇根，温暖的夜
飞禽止于高高的树巅

天璇第二

自从漂泊来此……
还能记忆冥冥的太初
好像是一次爆炸以后
随着长歌的韵律载浮载沉
漂泊来此，回头是肃丽的蔚蓝
而我已告定位，准确一颗星
虽然肌肤是温暖，我仍然是
大地遗失的一块顽石，所以

呻吟的大地

龟裂的大地

我是你潸溅的一点泪

你用颤抖的反抗淬砺我

我们将寻到河流浩荡的理由

带领山岳于沉默中崩颓

洗成卵石的理由——

露是毁灭的预言？可能

那是我夜梦遥遥中

还给你的无穷恨，所以

号啕的大地

请凝视我，用你

羞涩多泪的眼睛凝视我

在肃丽的蔚蓝里作静止的

远航。与我同行向

拥挤的宁静，向

一片抽象的和平，与我

同行向黑暗强制再生的光明

天玑第三

在细密的光影里孕育

最初的人形，这莫非

106

是通向生命的子宫？
而我听到，感觉到你
不懈地跃动，是灵魂抑是肢体
我莫非只是沉默的母亲，惘然
静坐，面对一扇窗，窗外
一种和风丽日欺凌着
急速汹涌的血脉，在
细密而真实的血脉间
孕育着。我读着手纹
卜算生命的成形，我了然
作为一朵不枯的花，象征的
水源，胞子在我的体温里
膨胀，转变，虽然眼不能
视，耳不能听，舌不能知味
鼻不能嗅香，你在我的
体温里不懈地跃动——
每一刹那生命的成长
都催促着人间的死亡
我面对一扇窗，揣测你
急于脱离的欲望，你埋怨
我是黑暗的沮洳。我
卜算你愤愤的脉搏
如刚出港坞的新船向往大海

我仿佛也不关心，面对一扇窗
窗外是一种和风丽日的欺凌
剧痛，昏晕，我戛然
放弃，用十万条汹涌的血管
推开你。你的诞生即是死

天权第四

唯有时间诠释时间
割裂，缝合，切断，延续
唯有时间在雪的泰然里
触及时间的冰寒，在雪的
焦虑里抚摸时间的
平坦。一如磐石稳固
一如河川宛转，我是微弱的
见证，生与死的见证：
结束斗魁的笔直，开辟
涵容，我是最微弱的
流动但也因为微弱而流动——
有时是征人的呐喊
在死亡顷刻寻觅自己的
身体，霍然扑倒，微弱地涉及
惊醒思妇的秋梦

如衣宽带解，反身
抱住我勇敢的裸露，哦真理
我欲领你穿过木叶尽脱的
森林，熊升树，鹿饮溪
一抹晨烟是原始最后的暧昧
而我们出发，穿过另一片
木叶尽脱的森林，朝
阳光倾斜的方向挺进——
几乎与我等高的
是此刻下降的雪
肉身埋葬时竟有灵魂上升
我很惊讶，然则逸去了灵魂的
勇士和妇女如被破坏了的麦子
种在土地里。我很惊讶
在一层冰寒的记忆之下
他们犹是拥抱栩栩如生
爱情也许还能发芽
（人们在野地里搭起黄昏的篷子
开始为他们擦洗多汗水的身体
并为他们换上新衣裳
儿童采集满筐的小花
倾在他们并排的脚前
六个男子抬起白杨木的棺椁

向我凝固的方向走来
一支笛子在风里
嘈然飘动。牲口默默
望着细竹竿头拍打的四面黑旗)
这是人们为去年冬天的死者
所举行的葬礼……

而我因微弱而恒久，不能
分离而普遍，在你的
眼角游泳，如小鱼划水
对着一面镜子整理好看的鳍尾
永远不能接近。唯时间
诠释时间，在火的反抗里
触及时间的温暖，在火的
困顿里抚摸时间的荒凉
唯时间诠释
唯时间

玉衡第五

唯时间在寂静里拨弄
飞逸的音响，一种天籁的广大
最初即是我冷漠的颤动

透过风雨传布四方
譬如你独行海岸时感受的
彷徨，这时潮水是见证
又譬如你迷失于森林
落叶是理由。这些是我的
最初。譬如子夜着火的草原
譬如石破天惊，譬如
寺庙和军营毁于顷刻
钟声悲鸣
号角呜咽

我环顾寻觅，在解体的人面
和人面之间，寻觅一对熟悉的
眼睛，而终于为那可怜悯的
发现而惊呼——方向从我开始
如大江切过山脉，拒绝
庄严的分水岭。方向从我
开始，如漂鸟秋来北飞
拒绝可感知的温暖。方向
从我开始，如地磁之引导矿苗
在此去指向孟春的夜晚里
有一片新绿将在我的
前额成形，思索着
我宁可变成一张琴

开阳第六

我已经不只是一张绷紧面容的
琴：仙翁铮锵
是一种规则一种纪律一种丰采
万籁于摇光垂落平原之际
于月涌大江而无由上溯之际
听从我的手势就此静止
齐让一虎孤独地行过草原
且缓缓地缓缓地，仿佛
为浮云之舒卷所惊，蹲踞，低吟
凝视那多风雪的北方，正有
一片杂沓的鼓乐队预备
演奏。北方乃是
北方乃是我之所归。此刻
另有一艘破冰船将出发航行
有兵勇将隔岸射击，有熊将
哗哗涉水，有拘谨的企鹅
将交配，有受伤的马贼将进酒
——都等待我一声响
以第六根弦定音：
仙翁，朔风之阻塞寒林

古树颓废，枯叶满天飞
仙翁，流泉之凌越磐石
蛟龙遁迹，雨雪遮住我俯瞰的
眼睛。仙翁铮锵，我已经
不只是一张绷紧面容的琴

摇光第七

这是欲坠未坠的饱和
如子夜钟摆之静止——刹那
你感觉到时间在叶子上
驻足，继而滑行水面
严肃地渡向新的日子；感觉到
这终于垂向泥土的重量
不为风雨所扭曲的直线，一种
欲灭不灭的抽象，拥挤的
空白；感觉到我的血统——
我之生乃六颗先行星宿之死
（寂寥的眼睛数过，呜呼天地人
哀哉时音律：尔等之死乃我之生）
宣示那永恒的方向自我结束
而当寂寥的眼睛终于数过
第七颗星——我之死乃

北斗之死。海客乘流而归

倚夜的戍卒解甲于微明

翠鸟翾飞

朝阳晒进松柏的园子

而我隐逝自人们的眼睛

一群失神的瞳孔无声地搜索

我仍在此，巍巍若岁月

若弓入杯一蛇影

若泪水滴落于呐喊者的宣言

葡萄不再结果，架子

即将颓落，井水即将

枯竭，瘟疫开始流行

如是者三年

尔等必须悔改

都市的浪子必须回归农村

稻田必须除芟，活水可自山涧

引来，尔等必须悔改

尔等当协助邻人灌溉

斧斤以时入山林

一之日于貉

如是者三年

巍巍若岁月

翠鸟翩飞，朝阳

晒进松柏的园子

死者不死。尔等必须悔改……

我仍在此，方向自我结束

嗟我农夫，众星之死

乃一日子之生，雪之所自来

火之所自出。在此去指向

孟春的夜晚里，斗柄在下

立春之日，东风必须解冻，又

五日，蛰虫始振，獭祭鱼，又

五日，草木萌动。嗟我农夫

若是风不解冻，号令不行；蛰虫

不振，阴气奸阳；若是鱼

不上冰，甲胄私藏；獭

不祭鱼，国多盗贼；鸿雁

不来，远人不服；若是

草木不萌动，果蔬不熟——而我

虚悬在下，在此去指向

孟春的夜晚里

后　记

　　诗是追求，而且严格说来，是个人的甚至可以说是"秘密的"追求；这不仅指普通常见的无题比兴之作，也指层叠经营的较为明朗的大结构。在一般的情况下，通过诗的方式，我能够表达自己——我自己的意志、心怀和欲愿——诗是展翅采看的青鸟，我麾下忠实的斥候，诗是我借以完成自我的工具之一。这诗若是失败的，便停留在此，仅止于为我个人追求过程的痕迹，隐晦不显，因此也就无苦无害；若是成功了，竟有可能成为大众社会的公器，你也能够借它表达你的意志、心怀和欲愿，而我的诗也就成为你追求探索生命的许多工具之一——假如你和我一样，也在追求，探索。

　　好诗应该先感动诗人自己，我相信，接着便突破个人的范限，进入社会的心灵；个人的经验变成为社会大众的经验，个人的比喻、象征、寓言变成为社会大众的比喻、象征、寓言。所谓感动，是取悦，也是困扰。文学不是只为了取悦你，也为了困扰你，促使你去想，去发觉你本来想象不到的问题，有时它使你不快，有时使你莞尔；可是通过这喜悦或困扰，我们的思想和情感都能向前迈进一步，更深入更博大。罗马诗人霍拉士（Horace）说文学"取悦"并"教诲"我们，大略不外乎此。

所以诗是一种手段，我们借着它追求一个更合理更完美的文化社会。杜甫说"彩笔昔游干气象"，我相信杜甫是绝对的有心人。然而我并不否认，诗本身也是我们追求的对象？因为我认为诗不仅仅只是我们借以"干气象"的工具而已，它还是一个独立的存在，一个令我们积极追求创造的艺术品。盖天下可以干气象的工具并不只诗的彩笔一种；哲学家的文章，经济学家的统计数字，社会学家的分析表格，政客的文告口号，甚至传教士的祈祷辞，和军人的枪炮炸弹，都可以干气象。当渔阳鼙鼓动起来的时候，彩笔不免隐晦，每依北斗望京华，诗的完成竟是有心人基本人格的维护，"精神"不死的证明。《秋兴》八首，一首八句，诗中有诗，律中有律，感时忧国之情固然溢于言表，诗本身也成为无懈可击颠扑不破的艺术品。少陵流离入蜀，诗不再是手段，诗是目的。四百年后陆放翁问曰："此身合是诗人未？细雨骑驴入剑门。"又过八百年，钱锺书明白指出，大凡诗人侘傺入蜀，彩笔势难再干政治气象，诗乃更精致更醇厚。有人曾要求爱尔兰诗人叶慈写政治挂帅的诗，叶慈拒绝。有人因此谴责叶慈，但他们也知道叶慈在他那风暴的时代，曾经写过《一九一六年复活节》（Easter 1916）和《一名政治犯》（On a Political Prisoner）之类的诗，那是他自动的参与介入，诗是他抗议的工具，人格的延伸；他更写过"拜占庭"（Byzantium）里永恒光辉的金鸟，咏诵过一块中国的青金石雕（Lapis Lazuli），那也是他自动的献身信仰，诗艺也是他追求的对象，也是人格的延伸。

这样说来，我们对诗的认识必须是双重的。诗是追求；诗可以干气象，而诗本身也是一种气象。好的诗人总具备了控御诗的能力和尊敬诗的心情，缺一不可。弥尔顿可以用彩笔干克伦威尔将军，那是气象；他也可以写作《失乐园》，那更是不朽的气象。诗人不应为人所收买，也不可为自己的幻想所眩惑。这些年风雨如晦，到处都是关口，随时都须抉择，在思想和感情的战争之中，叱咤有之，哀告有之，睥睨有之，垂眉有之，这时发觉少年以来之所有多已逝去，渺茫大荒，仅以身免，在这种情形下若能不颓唐沉沦，支持我的，神乎灵乎，唯诗而已。

我一九七四年诗作不少，其中秋天以前写的多已编入了《瓶中稿》，此书所录是冬天的诗，包括追记的《早春在普灵斯顿》在内，都是岁暮所写。系在这一年内的长诗有两首，一首是《林冲夜奔》，另外一首即《北斗行》。《北斗行》前后写了近两年。一九七四年初在西雅图开头，但那时只是一首普通的短诗，春天的末尾，它忽然衍生，我乃立志分段重写。诗写了三分之二，暑假回台湾，我随身携带着未完成的稿子，想把它写完。七月大暑，我去台南，心思十分敏锐，有一天就在台南一家旅馆里疾书，完成了全诗数百行的初稿，所以我视它为一九七四年的作品，心中纪念着台南之旅。初稿完成后，又被我带去了美国，如此反反复复修改了一年多，一九七五年又带回台湾，到第二年才印了出来。北斗七星，巍巍光华，本身就是宇宙间最稳固最可靠的大结构，从文学里可以看出，北斗和中国人思想感情的发展关系非常密切，它不但引发诗思，无尽无穷，而且演变为天人合一哲学里的一组象征。我在这首诗里所试图表现的也是这份传统的诠释，我希望它是一首具备了传统精神的现代中国诗。

一九七五年夏天写《带你回花莲》，九月发表时，我已回到台湾；杨弦把这首诗的末段和稍后的《你的心情》谱成歌，灌成了唱片在唱。我回台之后住在台北，开学之后，很忙很累，情绪起伏很大，《月光曲》大概是情绪最低落时的记录。此后半年之内，虽又写了属于同一性质的《凄凉三犯》和《孤独》，但平常颇能自处，忙于观察旅行，写了不少散文随笔，也写了些比较开朗的诗，例如《在学童当中》。这一年在台大教书，使我有机会和几乎脱节的昔日生活联结起来，对于我读书和写作都有许多好处。《在学童当中》所要表现的也有这点意思，但我所指的学童，真是有一天我在荣星花园碰到的一群小学生；后来我班上的大学生以为诗中的学童是他们，我笑而不答，有意将错就错。外文系三年级的学生应当知道诗至少有七种"多义性"（ambiguity）。

这本书的第四辑录诗一首，单独成立，《吴凤》。吴凤杀身成仁的故事家喻户晓，是早期台湾移民中最可歌颂的英雄事迹，其精神意义断非阿里山一地所能范限，超越阿里山，超越台湾，值得全中国全人类来共同顶礼。一九七六年春天我到嘉义去，回来写了一篇散文，《伟大的吴凤》，然而我意犹未尽，想写一首长诗，诗未完成，乃先以其"代序"发表。我对吴凤的追求还未结束，这点我自己明白，我总有找到他的一天。

使用诗的创作去追求美丽庄严的人格，或和谐平安的世界，在我觉得，是可行的。在这追求的过程中，我们试探叩问，有时充满怀疑，有时全力以赴，心情无比严肃。也许有人会问，为什么凭空选择了诗，选择了"彩笔"来干气象？诗有效吗？为什么不选择纵横反复的诡辩方术或者枪炮炸弹？我相信诗是有效的，而且诗比喧哗的杂文和杀伤的炮弹恒久，因为诗不但是手段，而且是目的。大约二十年前，有人时常引述一个西洋作家的话说："写诗？写诗只是证明我仍活着。"那是存在主义流行的年代，所有的判断都受其左右，现在我深深觉得这话太没道理。要证明你仍活着，不见得非写诗不可，此其一。诗不但应该证明你活着，也须证明别人活着，此其二。诗不但要写得能够证明你现在活着，也要证明你永远活着，此其三。我相信我们的过去必须在眼前呈现，修改，渲染，而我们眼前的一切将被保存入未来，被批评判断，委弃或欣赏。

这是我第六本按照写作时间收录编辑的诗集，作品大多止于一九七六年六月，也就是我在台大教职将满，考卷看完的那些日子。我记得那些湿热不堪的日子，莲花在校园的池塘里，荷花在植物园的池塘里；台北的街巷灌满艳丽的阳光，到了午后，总有一份宁静，催人昏睡的静；然后是倾盆大雨，片刻即停——却有一支古典吉他的独奏曲子，不断萦绕。从六月底到七月底，我也写了不少诗，甚至到那年年底和第二年年初，在海外，我还听见那吉他的声音，也继续写着同样音色的诗。那下半年的作品有些是录在这本诗集里了。